LA ROSIERE

DE SALENCI,

PASTORALE.

LA ROSIERE DE SALENCI,

PASTORALE

EN TROIS ACTES,

Mêlée d'Ariettes;

Représentée, pour la première fois, par les Comédiens Italiens ordinaires du Roi, le Lundi 28 Février 1774:

Précédée de Réflexions sur cette Piéce, mêlées de quelques Observations générales sur les Spectacles.

Prix, 36 sols.

A PARIS,

Chez DELALAIN, Libraire, rue de la Comédie Françoise.

M. DCC. LXXIV.
Avec Approbation & Permission.

RÉFLEXIONS
SUR
LA ROSIERE,
Mêlées de quelques observations générales
sur les Spectacles.

L A présence inattendue de Madame
LA DAUPHINE, avoit favorablement disposé
le Public à la première représentation de la
Rosiere à Paris ; on est indulgent quand on
est heureux. Quelques mois auparavant cette
Piéce avoit été donnée à Fontainebleau , &
n'avoit pas eu pour elle , à beaucoup près , le
plus grand nombre des suffrages. Il y a plusieurs exemples , au Théâtre , de cette appa-
rente contradiction entre les jugemens de la
Cour & ceux de la Ville. J'en donnerai plus
d'une raison plausible , avant de me prévaloir
de celle que l'esprit malin de la Capitale se
plaît à accréditer. Je ne l'allégue point , parce
qu'elle me paroît fausse.

a iv

Sans vouloir rien dénigrer (sur-tout aucune classe de Citoyens), on peut dire que la seule qui soit exclue des Spectacles de Fontainebleau, & admise à ceux de Paris, n'est pas celle à laquelle appartient de juger le plus sainement d'un Ouvrage de goût. L'on peut également (& sans adulation) supposer un tact, même perfectionné, à l'autre ordre de Spectateurs qui acheve de fixer les différences des deux Théâtres : si donc, parmi les Pièces données à la Cour, quelques-unes ont subi des arrêts dont le Public a osé rappeller, c'est moins au choix des Spectateurs qu'à mille autres circonstances faciles à appercevoir, que l'erreur doit être attribuée.

Une de ces circonstances les plus marquées, est sans doute l'usage qui proscrit les applaudissemens toutes les fois que Sa Majesté honore le Spectacle de sa présence. Il ne nous appartient pas de décider si ce silentieux hommage du respect compense bien celui qu'il interdit à l'amour ; s'il peut être, pour un Monarque, beaucoup de tableaux plus doux que tout mouvement paſſionné des cœurs qui lui appartiennent ; & ſi des ris & des larmes libres ne développeroient pas tou-jours, avec un nouvel avantage, aux yeux du Roi, le caractère du peuple charmant & ſenſible dont il eſt maître ? Ce que je ſais, c'eſt que l'étiquette a fixé cet uſage ; c'eſt qu'il eſt glaçant pour l'Acteur ; c'eſt que l'Acteur ne ſe glace point ſans réfroidir celui qui l'é-coute, & que de froideur en froideur, & de contrainte en contrainte la toile ſe lève & s'abaiſſe ainſi, ſans que l'ame engourdie à ce Théâtre ſe permette l'élan, qui ſeul lui donne le droit de juger, parce que ſeul il lui per-met de ſentir.

De ces entraves morales, réſulte, durant tout le Spectacle, une attention apathique & morne, qui réduit chaque individu à la triſte analyſe de ſa ſenſation iſolée. Plus de communication d'un être à l'autre ; plus de points de ralliement pour fortifier ſon ſentiment par celui de tous ; plus de frottemens entre les efprits ; & les efprits, comme les cailloux, en ont befoin pour qu'il en forte du feu. Une Pièce pourroit ainfi commencer & finir, fans que les Acteurs ni les Specta-teurs, pris chacun féparément, ofaffent en-core eux-mêmes affirmer fi elle a tombé ou réuffi. C'eft un jugement de réflexion qui feul conftate alors la chûte ou le fuccès ; & bien des gens, dès qu'on leur donne le tems de la réflexion , font enchantés de pouvoir fe difpenfer d'applaudir. L'efprit de parti, qui, jufqu'à la fin du monde, fe mêlera des Opéra-comiques & des affaires d'Etat, préfide donc aux Arrêts ainfi rendus ; or l'efprit de parti a toujours décidé d'avance du fort d'un Ouvrage.

Il eft une autre obfervation particulière aux Pièces en mufique, c'eft qu'elles ne font don-nées à Verfailles ou à Fontainebleau qu'une fois, deux au plus, & qu'il eft impoffible de juger les effets d'harmonie à une première, & même à une feconde repréfentation. Dans la

muſique ; il exiſte une partie purement mé-
chanique , qui , ſous les doigts les plus ha-
biles , comme aux oreilles les plus exercées ,
ne peut obtenir ſon parfait accord & ſa puiſ-
ſance victorieuſe que de l'habitude.

Peut-être ne devroit-on jamais donner
d'Opéra nouveaux à la Cour , peut-être , au
contraire , ſeroit-il fort utile d'y donner de
préférence toutes les Pièces nouvelles du
Théâtre François. L'inconvénient des applau-
diſſemens ſupprimés , deviendroit alors lui-
même un avantage. En effet , l'on n'a pu proſ-
crire ainſi ces brillans ſuffrages du moment,
ſans contenir en même-tems les huées redou-
tables , quelquefois injuſtes , & toujours indé-
centes. Un chef-d'œuvre n'eſt point à l'abri
du fou-rire d'un ſot ou de la convulſion
bruyante d'un méchant ; & une ſeule de ces
ſuppoſitions réaliſée peut , avec la déconte-
nance du héros , déterminer le murmure uni-
verſel. Oroſmane ou Tancrede , ſous le joug
du ſifflet , ſont néceſſairement très-gauches

aux genoux de Zaïre & d'Amenaïde, & de cette gaucherie momentanée peut réfulter la profcription d'un bon ouvrage. Il eft un optique du Théâtre qui ne s'apperçoit qu'au Théâtre. D'après cette vérité, on a defiré fouvent pour toutes les Pièces nouvelles une répétition auffi foignée que la repréfentation même, où feroit admis le même concours de Spectateurs ; répétition que l'on pourroit appeller repréfentation d'épreuve, uniquement deftinée à éclairer l'Auteur, & ne datant de rien pour le fuccès ou non fuccès de fon Ouvrage. Rien ne rempliroit mieux cet objet que les Spectacles de la Cour. L'impofant de la Scène permettroit à l'Auteur de s'y juger ; les avis judicieux lui parviendroient enfuite pour confirmer fes preffentimens ; mais la voix infultante du dénigrement qui révolte, n'en feroit plus l'organe ; les fentimens du Public ne lui feroient plus révélés avec outrage, & la vérité inftructive parviendroit alors à fon cœur pour l'éclairer, & non pour le flétrir.

Cet usage enrichiroit encore la Scène Françoise d'une magnificence théâtrale, aujour-
d'hui réservée trop exclusivement pour la
Scène Lyrique, & à laquelle la dignité de la
Tragédie lui donne souvent des droits plus
légitimes. Ce luxe de décoration & cette
recherche des accessoires, à l'appui d'une
grandeur que l'on peut supposer réelle, ont
bien un autre prix que consacrés aux erreurs
brillantes de l'ingénieuse mythologie, ou
d'une féerie souvent ridicule. Jamais le plus
superbe Olympe, jamais le plus charmant
Palais d'enchanteur ne porteront dans l'ame
une impression aussi forte que la pompe bien
entendue d'un Spectacle historique (*a*). Ces
fonds énormes engloutis dans les souterrains
de l'Opéra, s'ils étoient adaptés, au moins
en partie, aux chefs-d'œuvre du vrai genre,
attesteroient aussi sûrement la puissance du

***

(*a*) Le plus beau Spectacle qui ait frappé mes yeux est,
à mon gré, & sans nulle comparaison, la représentation d'A-
thalie, au mariage de M. le Dauphin.

Souverain. Il en réfulteroit cet autre avantage d'exciter des talens plus rares & moins encouragés, de donner un plus beau cadre à de plus beaux tableaux, & de mettre en jour les fublimités de la morale & de la poéfie, qui, après tout, (& fans déprécier rien) valent bien des ariettes & des gargouillades.

Je me fuis écarté de mon fujet, & ces réflexions font un peu graves à propos de la Rofiere. En donnant un Opéra-comique, j'ai au moins acquis le droit de faire les honneurs du genre, & j'avoue qu'il ne méritoit pas à lui tout feul des obfervations auffi approfondies : revenons.

Aux obftacles communs à toutes les Pièces en mufique données à la Cour, il s'en eft joint quelques-uns de particuliers à la mienne. Un devoir militaire m'occupoit à l'Ifle de Rhé, au moment où l'on fe difpofoit à la donner à Fontainebleau. Je ne pouvois pas trop décemment repaffer la mer pour venir veiller à la répétition. Quelques mois aupa-

ravant, je m'étois contenté d'envoyer un manufcrit exact, accompagné de notes indif-
penfables. J'ignore par quelle fatalité il fe
trouva perdu avant que la Pièce fût fûe, &
par conféquent repréfentée. Au défaut du
manufcrit égaré, on eut recours à un autre
très-raturé, où les nouvelles corrections,
relatives aux ariettes feulement, étoient por-
tées. Elles s'y trouvoient malheureufement en
contradiction avec l'ancien dialogue : delà
réfulta, à la repréfentation, mille petites ab-
furdités plus piquantes les unes que les autres ;
& un galimathias dont toute la bonne volonté
des rivaux auroit eu bien de la peine à fauver
le ridicule à l'Auteur mutilé & abfent (*a*).

Ce manufcrit étoit depuis cinq ou fix ans
entre les mains de M. Gretri. Je faifis
cette occafion de rapporter la date de mon
importante production ; je me crois obligé
d'en faire part aux efprits bien intentionnés,

(*a*) Voyez l'édition faite pour Fontainebleau, & trop fautive
pour valoir même la peine d'être défavouée.

qui ont eu grand soin de faire remarquer à
des Juges, dont une seule pensée ne peut
être indifférente, combien peu le métier d'un
Aide-Maréchal Général-des-Logis de l'Armée est de faire des Opéra-comiques. C'est à
ces donneurs d'avis bénévoles que j'observe
qu'il y a six ans sur - tout, ces distractions
pouvoient encore m'être permises ; qu'aujour-
d'hui même je serois aussi loin d'en rougir
que de m'enorgueillir du succès le plus en-
tier dont elles pourroient être suivies. J'ose-
rai leur garantir, à ces bons amis de Cour,
qu'en ne consacrant aux petits vers que les
heures qu'il leur plaît de vouer à la lâche
médisance ou à l'oisiveté absolue, un galant
homme peut trouver le tems de faire beaucoup d'Opéra, & cela sans nuire plus qu'eux
aux bonnes mœurs, & sans négliger davantage une carriere où je leur promets de ne
pas les laisser en avant, faute de méditations
laborieuses pendant la paix, ou d'un tems
de galop de plus à la guerre. Enfin, s'il est

permis

permis d'épancher un moment fon cœur, je leur dirai que rien ne me fera renoncer à ces occupations innocentes & folitaires qui, n'attachant l'efprit que fur des objets doux, lui procurent l'utile diftraction de tant d'objets qui répugnent, amenent à la familiarité de l'étude par le charme infenfible d'une application riante, difpofent à de plus vaftes travaux, étendent l'imagination, nourriffent l'ame, apprennent à fe paffer des hommes en les aimant, & à leur pardonner, au lieu de les haïr.

Au refte, peut-être cette foule de petites circonftances défavorables ont-elles fervi à la fin au fuccès de la Pièce. Elles ont permis de faire des changemens heureux ; la très-médiocre opinion que la repréfentation de la Cour avoit laiffée de l'Ouvrage, a pu lui être utile à Paris, & le peu à quoi l'on s'attendoit, a fans doute fait valoir le peu qui s'y trouve.

Je ne ferai pas auffi légérement les honneurs de la mufique ; je ne defirois, pour fon fuccès, que de la voir exécutée ; mais je ne crois pas

b

qu'elle foit encore fentie comme elle doit l'être. Je pouvois me repofer fur mon fecond ; cependant fon affociation commence à faire payer l'appui qu'elle donne, par des rifques qui en deviennent inféparables : il ne faut point oublier que M. Grétri eft aujourd'hui coupable aux yeux de l'envie, de l'irrémiffible péché de onze fuccès confécutifs ; & ce crime rare affure bien autant d'ennemis que de partifans.

J'ai tardé long-tems à faire imprimer la Rofiere : peut-être ne l'aurois-je pas fait imprimer du tout, fi des critiques verbales, même imprimées, ne m'avoient fait connoître que toute Pièce où il y a de la mufique n'eft jamais bien entendue, ni même comprife avant d'avoir été lûe : c'eft pour l'intelligence de la Scène que je me détermine à cette nouvelle publicité, & non par la conviction que de telles miferes puiffent jamais mériter les honneurs durables de la preffe.

La Rofiere a été jouée neuf fois à Paris,

deux fois à la Cour ; & tous les jours, des confciences timorées (fervies, il eft vrai, par de mauvaifes oreilles, ou une attention fort diftraite) me reprochent encore d'avoir fait paffer une nuit à la Rofiere tête-à-tête avec fon amant. J'avoue, que pour mon compte, je croirois poffible d'allier la vertu villageoife avec cette circonftance ; je crois à la vertu la nuit comme le jour ; mais je ne force perfonne à être de mon avis : je conviendrai même que la nuance feroit un peu forte au Théâtre ; qu'il feroit difficile de donner cela pour exemple de pudeur aux filles de Salenci ; je dis feulement qu'il n'y a pas un mot de tout cela dans la Pièce.

La Scène s'ouvre le foir à l'heure où les laboureurs reviennent des champs. Colin, laboureur, arrive à cette heure-là. Il trouve Cécile travaillant fur la porte de fa maifon, qui donne fur la place du village. Il caufe & fe promene avec elle fur cette place, où le Bailli fe promene auffi avec d'autres jeunes filles. Selon la verſion qui a mérité cette critique, le premier acte étoit fini, qu'il faiſoit jour encore ; la lune ne ſe levoit qu'au ſecond acte, ce qui caractériſe le ſoir encore plus particulièrement ; & quels ſont les infortunés aſſez à plaindre pour confondre ainſi le ſoir avec la nuit ? Dans ce ſecond acte, le père venoit lui-même ſe promener devant ſa chaumière, ſeul d'abord, & enſuite avec ſa fille. En rentrant, il invitoit ſa fille à y revenir ; le terrible Bailli revenoit encore, Cécile auſſi ; la plupart des Habitans paroiſſoit à leur tour à la fin du même acte ; & à moins de ſuppoſer Salenci peuplé de noctambules, il faut convenir que la nuit ne commençoit & ne paroiſſoit commencer qu'entre le ſecond & le troiſiéme acte, ce qui eſt la vérité (a).

Ces petits défauts d'intelligence de la Scène

(a) Aujourd'hui, c'eſt entre le premier & le ſecond, parce que j'ai penſé que la Pièce auroit aſſez & peut-être encore trop de trois actes, & que j'ai réuni en conſéquence les deux premiers en un ſeul.

font inséparables des misérables refforts méchaniques qui détruifent l'illufion de ce Théâtre. Comment prétendre y exprimer les progrès ou la décadence du jour, quand la conduite du firmament fe trouve confiée au moucheur de chandelles ? A la première repréfentation de la Rofiere, par exemple, ma lune fe détachant de la voûte étoilée, fe trouva tout-à-coup fufpendue à une fifcelle au centre de l'atmofphère : ces fortes de phénomènes peuvent devenir par fois funeftes à l'Auteur, quoiqu'on ne doive pas en confcience le rendre garant du cours des aftres. Je m'étois encore fait l'idée la plus riante de la petite navigation de Colin, de la montagne pittorefque d'où il fe précipite, de la riviere limpide où fa barque devoit être balancée, de la roche mouffeufe où Cécile devoit le trouver à fes pieds : je ne puis dire avec quelle douleur j'ai vu toutes ces charmantes images fuir de mon cerveau, au premier afpect de la muraille rapprochée qui ferme le fond de la Scène, réduit mon Apennin à deux misérables chaſſis barbouillés, exhauſſés miraculeuſement à quatre pieds de terre, ſéparés par des marches de ſapin de quatre pouces de largeur, & où toutes les graces & l'adreſſe de M. Clairval lui permettent à peine de paroître & de deſcendre ſans ſe caſſer le cou, ainſi qu'à mon coup de Théâtre. Je n'ai pas été affecté moins triſtement, en voyant ſa nacelle voguer *en planche ferme*, ſans même l'acceſſoire d'une pauvre gaze d'argent roulante, qui auroit dû figurer les flots, & j'avoue que mes angoiſſes ont été au comble quand j'ai pu appercevoir une porte du grenier de la Comédie, encore armée de ſes gonds, marquer, par des angles de quarante-cinq degrés, les voluttes adoucies d'une rampe de gazon, & ſurmontée d'un tabouret rembouré de crin, qui exprime le tertre de verdure où la Roſiere évanouie auroit pu faire tableau.

Il m'eſt permis de rire de ces petits contre-tems quand ils ne regardent que moi ; je m'en afflige quand je fonge combien de fois ils fe reproduifent aux dépens des plaifirs de la Société. Il eft réellement honteux que dans la Capitale de la France, l'emplacement d'un des Théâtres les plus accrédités par le concours du Public, ne permette pas des reffources dont jouit Nicolet. Je plaide la caufe des Acteurs qui gémiffent tous les premiers de ces inconvéniens, & j'étois bien loin tout-à-l'heure de les avoir en vue dans les petites plaintes que je me fuis permis d'exhaler.

Paffons à un autre reproche très-grave fait à mon Héroïne. L'innocence des filles eft par-tout pourfuivie & foupçonnée ; c'eft un des grands malheurs du genre humain. La Rofiere de Salenci retrouve à Paris de faux témoins & des rivales. Sans cela, comment lui reprocheroit-on avec tant d'amertume une careffe accordée par elle à un amant avoué de fon père ? Un certain Journal la blâme beaucoup *de fe faire faire ainfi un baifer par Colin.* J'avoue pour mon compte, qu'en lifant il y a quelques jours cette relation, la conſtruction du début de la phraſe m'inquiéta ſérieuſement. Tout le monde ſentira ce qu'elle annonçoit, & je conviens qu'il m'eût été plus difficile d'excuſer un enfant qu'un baiſer. Pour le baiſer, j'y tiens, & ſoutiendrai ſa pureté juſqu'à la mort. Je ferai remarquer qu'il eſt pris (& non fait) en place publique ; que cette circonſtance prouve au moins l'innocence de l'intention des accuſés, & qu'à la Cour d'amour de la Reine Berthe, on n'eut certainement pas jugé un baiſer donné en place publique de village, comme donné, pris, ou *fait* au fond d'un bois ; c'eſt le myſtere qui aggrave tous ces crimes, & c'eſt pour cela ſans doute que nos galans Chevaliers en mettent en général ſi peu dans leurs amours. D'ailleurs, l'on veut trop oublier qu'un baiſer ne dit pas la même choſe au hameau qu'à la ville. Au hameau, il y a autant d'exemples de filles qui embraſſent tous les jours leurs amans & en reſtent-là, qu'il peut se trouver ailleurs de tout-à-fait grandes Dames, accordant tout à leurs amis avant d'avoir permis de leur baiser la main. Il est d'ailleurs un peu cruel d'analyser une Scène de Pastorale comme une proposition théologique, & de mettre ainsi les caresses naïves d'une Bergère au rang des cas de conscience.

Ah ! laissons encore aux villages l'ingénuité de leurs mœurs ; gardons-nous, même dans nos tableaux, de cette hypocrisie maniérée, usurpant le nom de décence ; vertu fausse, dispensant de toutes les vraies, & faite pour en dégoûter à force de les supporter tristes. N'oublions pas que l'innocence n'habite déja plus dans un cœur, dès que le mal peut être soupçonné par lui ; & tenons-nous pour assurés qu'en France tout sera perdu sans retour, si jamais la pruderie s'avise d'aller s'établir à la campagne. Heureux Paysans, caressez-vous sans remords, puisque vous savez vous aimer sans dot. La sensibilité est mère des baisers & des bonnes actions ; la maîtresse la plus tendre eſt auſſi la fille la plus attentive , & devient un jour la plus tendre des mères. Au hameau , le vieux père & les jeunes enfans les plus à plaindre , feroient à coup ſûr le père qui auroit donné la naiſſance , & les enfans qui l'auroient reçue de la fille dont l'amant n'auroit jamais obtenu un baiſer avant la noce : j'en appelle aux femmes des quatre parties du monde.

Eh ! que n'en ſommes-nous encore-là nous-mêmes , nous mornes Citadins , qui devrions être ſi contens & ſi gais ! Si l'amour naïf nous étoit mieux connu , l'envie fatiguante nous tourmenteroit moins , les ſuccès n'affligeroient plus les rivaux , & n'enfleroient pas d'un ſot orgueil les triomphateurs. La gloire feroit pure , & ſouvent on oublieroit ſa gloire , pour le plaiſir plus doux de voir la joie de ſon ſuccès partagée. Ce feroit toujours un bonheur d'être applaudi ; ce feroit un bonheur de plus d'applaudir. Après l'ineſtimable & rare avantage de ſervir les hommes , on oferoit compter pour quelque choſe celui de les amufer un moment. L'homme de Lettres ne feroit jamais un bienfaiteur arrogant ; l'homme du monde ne feroit plus un ingrat ; enfin tout ce qui pourroit valoir à la Société une diftraction agréable, feroit dépofé fans obftacle dans la maffe de fes plaifirs, avec une allégreffe commune à celui qui feroit affez heureux pour donner, & à ceux qui auroient à recevoir.

Tels font les vœux fincères d'un homme qui fent moins dans fon cœur le befoin d'être applaudi que celui d'être aimé ; qui braveroit la haine dans fes effets, mais ne fe confoleroit pas d'en infpirer le fentiment ; qui défie fon ennemi le plus acharné, s'il en a, de l'accufer de lui avoir fait volontairement aucun mal, ne voudroit fe venger qu'en faifant du bien, avoue fa fenfibilité à l'éloge, promet docilité à la critique, & mépris à la fatyre.

PERSONNAGES.	Acteurs.
CÉCILE, défignée Rofiere.	Mme *Trial.*
COLIN, Amant de la Rofiere.	*M. Clairval.*
HERPIN, Père de la Rofiere.	*M. Nainville.*
LE BAILLI de Salenci.	*M. la Ruette.*
LE SEIGNEUR de Salenci.	*M. Narbonne.*

NINA,
LUCILE,
ANNETTE, } Prétendantes à la Rofe. { *Mlles Beaupré, Linguet,*

JEAN GAUD, Meûnier d'un Village voifin. — *M. Trial.*

TRÉTARE,
HUBERT,
ARNAUD, } Juges Vieillards. { *Mrs Defbroffes, Touvois, Morel.*

HABITANS & HABITANTES de Salenci.

Suite du Seigneur.

Le Théâtre repréfente une place de village ornée d'arbres, fur laquelle donne la maifon du père de la Rofiere. Toute la façade de cette maifon doit être décorée de guirlandes de fleurs & de feüillages, & un large drapeau blanc déployé doit couronner cette décoration. Ces ornemens doivent être difpofés, de façon que l'on puiffe fortir de la maifon, mais non y rentrer fans les voir.

LA'

LA ROSIERE
DE SALENCI,
PASTORALE.

ACTE PREMIER.

SCENE PREMIERE.

CÉCILE, *assise sur sa porte, & travaillant
à un petit métier à dentelle.*

QUEL beau jour se dispose !
Qu'il promet de douceur !
Je recevrai la Rose
Des mains de Monseigneur.

Cécile se leve & regarde les ornemens dont sa porte est décorée.

Ce beau drapeau, ce verd feuillage,
Et ces rameaux en fleur,

A

Sont le signal & le présage
De ma gloire & de mon bonheur;
L'un & l'autre est cher à mon cœur,
Tout ce que j'aime les partage.
Encore ce matin,
Mon père & Colin
Sourioient,
Me paroient
De cette fleur si chère;
S'embrassoient,
M'appelloient
La belle Rosiere;
Ah, Colin! ah, mon père!
Venez tous deux,
Que mon bonheur vous rende heureux.

SCENE II.

CÉCILE & COLIN *qui doit entrer, sans être vu, un peu auparavant que l'Ariette finisse.*

CÉCILE.

Mais, le méchant Colin ne vient pas;

COLIN, *se montrant, & prenant une main de Cécile.*

Le voici.

CÉCILE.

Quoi! te voilà, mon cher ami!
Mais, tu reviens ce soir plus tard qu'à l'ordinaire!

COLIN.

En chemin cependant, je ne m'arrête guère
Quand je viens te rejoindre ici.

(Il montre à Cécile les guirlandes & le drapeau
qui décorent sa maison.)

Oh ! les charmantes fleurs ! qu'il est verd ce feuillage !
Ah ! que j'aime ce beau drapeau !
Ma Cécile , quel doux tableau !
A ta vertu , c'est un hommage.

CÉCILE.

Colin, on obtient ce trésor ,
Pour prix de quinze ans de sagesse ;
Hélas ! au prix de la tendresse ,
Crois-moi , j'ai plus de droits encor.

COLIN.

Cécile , c'est la même chose ;
Faire le bien sans vanité ,
Aimer avec fidélité ,
C'est deux fois mériter la Rose.

CÉCILE.

A propos , Colin ; le Bailli
Tantôt est venu chez mon père.

COLIN.

Je l'ai rencontré près d'ici ,
Encore plus renfrongné , plus brusque & plus sévère.;
Que lui vouloit-il donc ?

CÉCILE.

　　　　Ah ! je ne le fais pas ;
Mais il gesticuloit, puis il parloit tout bas ,
Me regardoit.....

A ij

COLIN.

Sais-tu que dans tout le Village,
On prétend que ce vieux jaloux
Veut t'obtenir en mariage?
Il t'aime.

CÉCILE.

Lui m'aimer? De l'amour à son âge?

SCENE III.

Les Précédens, LE BAILLI, *fans être vu.*

CÉCILE.

EST-CE qu'on peut aimer avec un tel vifage?
Ah! mon Dieu, qu'il eft laid quand il fait les yeux
doux...

*(Colin prend un air fombre & s'écarte un peu de Cécile,
ce qui donne au Bailli le temps de dire fon à parte.)*

LE BAILLI.

C'eft de moi qu'ils parlent, je gage;
Mais, parbleu, je les tiens.

(Il fort en faifant des fignes de colère.)

SCENE IV.

COLIN & CÉCILE.

CÉCILE, *à Colin.*

Tu t'éloignes de nous ?

COLIN, *tendrement.*

Ah Cécile !

CÉCILE, *se rapprochant.*

Eh ! qu'as-tu ?

COLIN.

Qu'a répondu ton père ?

CÉCILE.

Il m'a dit doucement : « Cécile, éloignez-vous ».
Puis, un moment après, j'ai vu de la chaumière
Le Bailli sortir en courroux.

(*d'un air content.*)

Mais va, si tu savois ….

COLIN.

Quoi donc, quoi donc ?

CÉCILE.

J'espère…

Mon père ….

COLIN.

Eh bien ?

CÉCILE.

Tantôt il m'a parlé de toi.

COLIN.

Eh bien, eh bien ! que t'a-t-il dit de moi ?
Inſtruis-moi donc.

CÉCILÈ.

Il m'a dit : « oui ma fille,
» Je voudrois que Colin fût de notre famille ».

COLIN.

Oh ! bon ! Il falloit bien alors le carreſſer.
Enſuite, après. . . .

CÉCILE.

J'ai répandu des larmes.

COLIN.

Tu pleurois.

CÉCILE.

Oui, Colin ; oui ; j'y trouvois des charmes;
Et lui-même, en pleurant, eſt venu m'embraſſer.

COLIN.

Va, je le crois, ſon ame eſt généreuſe ;
C'eſt à moi qu'il garde ta main.

CÉCILE.

Il dit qu'il veut me rendre heureuſe;
Il faut bien le croire, Colin.

DUO.

CÉCILE.

La plus douce eſpérance
Luit au fond de mon cœur.

COLIN.

Mon cœur jouit d'avance
De l'excès du bonheur.
Ah ! si jamais ton père
Confent à nous unir !

CÉCILE.

Comme il aimoit ma mere
Sauras-tu me chérir ?

COLIN.

Oui, je veux que lui-même
Te dife, en me voyant :
J'aimóis d'amour extrême,
Mais moins que ton amant.

ENSEMBLE.

La plus douce efpérance
Luit au fond de mon cœur.
Mon cœur jouit d'avance
De l'excès du bonheur.

COLIN.

Quels foins doit-il attendre
Pour un bienfait fi doux !

CÉCILE.

Il faut encor le rendre
Plus fortuné que nous.

COLIN.

Il faut par tes careffes
Le faire rajeunir.

CÉCILE.

Il faut par nos tendreffes
L'empêcher de vieillir.

ENSEMBLE.

Quelle douce efpérance
Luit au fond de mon cœur !
Ah, jouiffons d'avance
De tout notre bonheur.

SCENE V.

Les Précédens & LE BAILLI, *dans le fond
du Théâtre , amenant avec lui Nina & Lucile,
qu'il pouſſe doucement par les bras , & à qui il montre Colin & Cécile qui ſe rapprochent pendant la
ritournelle du duo. Colin ſerre une main de Cécile
dans les ſiennes. Pendant toute cette Scène , Nina
& Lucile ont l'air d'écouter avec malice , & font de
grands geſtes d'étonnement. A chaque trait du dialogue , elles s'éloignent & ſe rapprochent alternativement du Bailli , à qui elles ont l'air de parler
avec beaucoup d'action ſur ce qu'elles voyent & ſur
ce qu'elles entendent.*

LE BAILLI, *à Nina & à Lucile , en tirant une
écritoire & du papier de ſa poche.*

Vous, obſervez bien tout ; moi, je vais tout écrire.

CÉCILE *à Colin , en ſoupirant , tandis que
Nina & Lucile s'approchent pour l'écouter.*

Mais il faut nous quitter !...

LE BAILLI, *écrivant , & d'un ton emphatique.*

Notons qu'elle en ſoupire.

COLIN, *à Cécile.*

Si-tôt ?

CÉCILE.

Au point du jour ici nous reviendrons.

LE BAILLI, *écrivant.*

Rendez-vous du matin ; vîte, verbalifons.

CÉCILE.

Ecoute-moi, Colin : demain mon pauvre père,
Pour parer fa cabane, où viendra Monfeigneur,
Pour fon âge fans doute aura beaucoup à faire ;
Tu viendras nous aider.

COLIN.

Oh ! oui ; de bien bon cœur.
Sans doute il faut qu'en paix le bon vieillard fomeille ;
Il faut que tout foit prêt, même avant qu'il s'éveille.

(*En fe rapprochant tendrement de Cécile.*)

Tu dois en attendant le baifer de l'adieu.

(*Il l'embraffe.*)

LUCILE & NINA, *accourant vers le Bailli plus vîte encore.*

LUCILE.

Un baifer !

NINA.

Un baifer !

LE BAILLI, *changeant d'attitude, & plus en colère que jamais.*

Je l'ai trop vu, morbleu...

COLIN, *à Cécile.*

Tu n'as donc plus rien à me dire ?

CÉCILE.

Mets ta main fur mon cœur, il parlera pour moi.

(Colin pose la main sur le cœur de Cécile , tandis que le Bailli se rapproche entre les deux petites filles.)

NINA , *à Lucile en riant.*

Comme elle est tendre !

LE BAILLI, *gesticulant.*

Je le croi....

COLIN.

Ah ! Cécile, comme il bat vîte !

CÉCILE , *à Colin , en rentrant chez elle.*

C'est de plaisir quand je te voi ;
C'est de chagrin quand je te quitte.

SCENE VI.

LE BAILLI, NINA, LUCILE, *évitant d'être vus par Cécile qui rentre chez elle , & par Colin qui sort.*

TRIO.

LE BAILLI, *furieux.*

Vous l'avez , je crois , entendu ?

NINA ET LUCILE, *avec malice.*

Oh oui ! de l'une & de l'autre oreille.

LE BAILLI.

De vos deux yeux vous l'avez vu ?

NINA & LUCILE.

Oh ! toutes les deux à merveille.

LE BAILLI, *reprenant son Procès-verbal.*

Ecrivons donc vîte ; écrivons.

LUCILE.

Comme elle embrasse les garçons !

NINA.

D'elle il faut prendre des leçons.

LE BAILLI, *à part.*

Pauvre Bailli, que vas-tu faire ?
Te venger de ne pouvoir plaire ?
C'est le sort de tous les barbons.

NINA & LUCILE.

Comme elle est sage la Rosiere !
Comme elle embrasse les garçons !

LE BAILLI, *reprenant son papier.*

Ce baiser me rend ma colère,
Verbalisons, verbalisons.

NINA & LUCILE.

Ah ! la fripponne l'entend-elle ?
La main d'un garçon sur son cœur !

LE BAILLI, *à part.*

La rend encôr cent fois plus belle.

NINA & LUCILE.

Ah qu'elle est sage !

LE BAILLI, *à part.*

Ah qu'elle est belle !

ENSEMBLE.

NINA & LUCILE.	LE BAILLI.
Et vîte, donnez-lui la fleur.	Ah livrons - nous à ma fureur !

LE BAILLI.

Demain elle n'a plus la Rose,
Et je ferai valoir vos droits.

NINA & LUCILE.

Et mais vraiment, c'est autre chose.

NINA, *à part au Bailli.*

Vous ferez donc valoir mes droits ?

LUCILE, *à part au Bailli.*

A la Rose aussi j'ai des droits.

LE BAILLI, *à part à Nina.*

Comptez sûr moi ; laissez-moi faire.

(*à part à Lucile.*)

Je me charge de votre affaire. . . .

ENSEMBLE.

NINA & LUCILE.	LE BAILLI, *à part.*
Demain chacun reprend ses droits.	Mais si je souffre & ne puis plaire, Nous souffrirons tous à la fois.

LUCILE, *à part, avec l'air gai.*

Ce sera moi ;

NINA, *à part, en sautant.*

Ce sera moi, je gage.

LE BAILLI, *avec emphase, en repliant son papier.*

Or ça , mon verbal est fini ;
Il faut maintenant que ceci
Soit connu de tout le village.

NINA, *avec l'air un peu étonné.*

Il faut le dire.

LE BAILLI.

Assurément.

LUCILE.

Mais, Monsieur le Bailli, n'est-ce pas bien méchant ?

LE BAILLI, *avec l'air sententieux.*

Le bon ordre le veut, & le Ciel vous engage ;
Quand on cache le mal, c'eſt qu'on en fait autant.

LUCILE.

Oh bien, s'il eſt ainſi ;

NINA, *avec vivacité.*

Nous dirons tout vraiment.

LE BAILLI.

Apprenez-le aux garçons, aux filles,
(Sur-tout aux filles cependant,
Pour que cela plus promptement
Se répande dans les familles.)
Et pour hâter encor l'effet
De ce que je viens de preſcrire,
A ceux qui feront du ſecret,
Recommandez de n'en rien dire.

NINA.

Fort bien.

LE BAILLI.

Si dans ces lieux, Cécile peut venir,
Sans perdre un ſeul moment, vous viendrez m'avertir.

NINA.

Comptez ſur nous pour vous inſtruire.

LE BAILLI.

Demain la Roſe, adieu ; je compte ſur vos ſoins,
(*à part.*)
(J'y dois compter, leur cauſe à la mienne eſt égale ;)
Des filles aiſément, l'on fait de faux témoins,
Quand il s'agit d'une rivale.   (*Il ſort.*)

SCENE VII.

NINA & LUCILE.

DUO.

NINA.

Écoute-moi, Lucile,
Parle-moi franchement.

LUCILE.

Ah! rien n'est plus facile.

NINA.

Pas tant, pas tant.
Le Bailli se dispose
A combler tous nos vœux;

LUCILE.

Mais il n'a qu'une Rose.

NINA.

Et nous, nous sommes deux.

LUCILE.

Eh bien, il faut attendre.

NINA.

Il vaut mieux nous entendre.

LUCILE.

Je sais bien ce qu'il m'a promis.

NINA.

C'est à moi qu'il garde le prix.

ENSEMBLE.

C'est à moi qu'il garde le prix,
Je sais bien ce qu'il m'a promis.

LUCILE.

Et puis à la couronne
J'ai des droits que vous n'avez pas.

NINA.

Et s'il vous plaît, qui vous les donne ?
Ah ! c'est votre amour pour Licas.
Ma Lucile, à la préférence,
Mon droit, crois-moi, vaut bien le tien.

LUCILE.

Oui, c'est votre innocence
Et l'amour de Baftien.

ENSEMBLE.

Pour un baifer, pauvre Cécile,
Tu perds le prix injuftement.

LUCILE.

Vous en avez bien donné cent.

NINA.

Et vous, à Licas plus de mille.

LUCILE.

J'entends du bruit : Cécile vient ici,

NINA.

Nous, courons vîte avertir le Bailli.

SCÈNE VIII.

CÉCILE & les Précédentes.

CÉCILE, *les appellant avec gaieté.*

Nina, Nina.

LUCILE, *avec l'air de l'ironie, & prête à sortir*
par le fond du Théâtre.

Bon soir.

CÉCILE.

Vous me fuyez, Lucile?

NINA, *entraînant Lucile qui est prête à répondre.*

Nous souhaitons la Rose à la sage Cécile.

SCÈNE IX.

CÉCILE, *seule.*

Eh ! mais, quel changement ! d'où vient cette
    froideur ?
Quoi ! l'on connoît l'envie au fond de nos campagnes !
Si je croyois que mon bonheur
Dût un moment affliger mes compagnes,
Ma gloire attristeroit mon cœur.

(Pendant

(*Pendant cette Ariette, on voit la Lune se lever,
& paroître sur le Théâtre.*)

ARIETTE.

Quand la fauvette du boccage
Chante le printems de retour,
Les fauvettes de l'alentour
Jouissent de son doux ramage ;
Sur les arbres du voisinage
On les voit voler à leur tour,
Et confondre sous le feuillage
Leurs succès & leur chant d'amour.

Vous, innocentes pastourelles,
Imitez ces oiseaux heureux ;
Chantez comme eux,
Comme eux soyez fidelles :
Et si jamais quelque Berger
Vous fait sentir la jalousie,
Ah, du moins ignorez l'envie !
Dans nos bois, dans notre prairie
Que son tourment soit étranger.

SCENE X.

LE BAILLI & CÉCILE.

CÉCILE.

(*à part.*) Quel beau soir !

LE BAILLI.

(*à part.*) La voici, tant mieux ;
Peignons-lui ma flamme amoureuse ;
Au clair de lune, ici je paroîtrai moins vieux.

B

CÉCILE, *sans voir le Bailli, & raßemblant les divers petits ouvrages qu'elle a laißés sur une chaise devant sa porte.*

Mon pere dort content ; ah ! que je suis heureuse !
(*Elle apperçoit le Bailli.*)
Ah ! bon soir, Monsieur le Bailli.

LE BAILLI, *avec l'air doucereux.*

Comment, vous voilà seule ici ?

CÉCILE, *voulant s'en aller.*

Ce n'est pas pour long-tems, je rentre chez mon père.

LE BAILLI, *s'approchant & la retenant avec l'air tendre.*

Elle est belle le soir tout comme le matin......
Par ma foi, la Rose, ma chère ,
N'aura pas trop beau jeu demain,
Auprès du teint de la Rosiere.

CÉCILE.

Tous ces complimens-là sont, je crois, fort jolis ;
Mais, je n'y comprends rien, je vous en avertis.

LE BAILLI, *se contraignant, & voulant caresser Cécile.*

Ou ce cœur est bien tendre, ou la mine est trompeuse.

CÉCILE, *se reculant.*

Parlez d'un peu plus loin, le soir je suis peureuse.

LE BAILLI.
DUO.

Mais, il fait clair comme en plein jour;
Regarde à travers ce feuillage,
La lune s'ouvrant un paffage,
Eclairer les champs d'alentour.

CÉCILE.

Le Roffignol de ce boccage
Recommence fon doux ramage,
Croyant le Soleil de retour.

LE BAILLI.

Là Lune eft l'aftre de l'amour:
Quand elle éclaire ton vifage,
A l'amour elle rend hommage.

CÉCILE.

Que j'aime fa douce clarté,
Quand le village,
Sous cet ombrage,
S'affemble aux beaux foirs de l'Eté:
Mais que je l'aime davantage,
Quand Colin eft à mon côté.

LE BAILLI, *répétant avec affectation.*

Quand Colin eft à mon côté !

Modérons-nous ..... j'étouffe, en vérité .....
(*Après un repos marqué, & avec l'air bien compofé,*)
Cécile, je vous crois bien fage !
(Car ce n'eft rien que la beauté.)
Et, dans ce jour, je fuis tenté
De vous avoir en mariage .....

CÉCILE, *en riant.*

Je le fais, Colin me l'a dit.

B ij

LE BAILLI, *vivement.*

Comment ? d'où le fait-il ?

CÉCILE.

Ba, ba, tout le village
En parle, & plus encor en rit ;
Mais je vous l'avouerai, j'en ris bien davantage.

LE BAILLI, *à part.*

A chaque mot nouvel outrage....

(*haut.*)

Si je veux, votre père eft prêt à nous unir.

CÉCILE, *effrayée & voulant s'enfuir.*

Ah ! je cours aux pieds de mon père.....

LE BAILLI, *l'arrêtant.*

Arrêtez, arrêtez, il n'eft pas néceffaire.
Non, de vous feule ici je veux vous obtenir ....
A mon ardeur foyez fenfible,
Dites-lui que vous m'aimez bien.

CÉCILE.

Moi ?

LE BAILLI.

Que vous m'adorez...

CÉCILE.

Cela m'eft impoffible.

LE BAILLI.

Petite, mais pourquoi?

CÉCILE, *avec impatience.*

Parce qu'il n'en est rien.

LE BAILLI.

Si vous saviez le prix d'un mari de mon âge!

CÉCILE.

Cela dépend du goût, & chacun a le sien;
Je le dis franchement, vous n'êtes pas du mien.

LE BAILLI, *avec l'air à la gêne & avec emphase.*

Que d'honneurs tout-à-coup vous auriez en partage!
Si vous me prenez pour mari,
Songez que vous serez la femme d'un Bailli!
De tous nos habitans vous recevrez l'hommage;
On vous appellera, *Madame,* en ce village.

CÉCILE, *riant & se moquant tout-à-fait du Bailli.*

C'est trop beau pour moi; grand'merci.

LE BAILLI, *en colère.*

Vous me bravez!... eh bien, petite ingrate,
Tremblez, tremblez à votre tour.
Tous ces petits serpens d'amour
Vous déchirent dès qu'on les flate....
Plus de pitié.

CÉCILE.

Pourquoi ce grand courroux?
Mais, s'il vous plaît.....

LE BAILLI.

Taisez-vous, taisez-vous.
Au conseil des vieillards je vais faire connoître
Le charmant choix qu'ils avoient fait.
Vous avez trop tôt cru le triomphe complet ;
Votre amour pour Colin dans son jour va paroître ;
Colin sera banni ; j'ai mes témoins là-bas. ...

(*à part.*)
(Et ! parbleu ! j'en ferois, si je n'en avois pas.)

DUO.

LE BAILLI, *tirant un grand papier de sa poche.*

Oui, oui, si je ne peux te plaire,
Tremble, je te serai fatal.

CECILE.

'Ah ! Dieu ! quelle injuste colere !
Quel est donc ce papier fatal ?

LE BAILLI.

Tremble, redoute ma colere,
L'amour & mon Procès-verbal.
(*montrant le papier.*)
Là sont marqués à chaque page,
Là sont notés, là sont écrits,
Les rendez-vous, les baisers pris.

CECILE.

Ciel ! quel affront ! Dieu ! quel outrage !
Les rendez-vous ! les baisers pris. ...

LE BAILLI, *voulant porter sa main sur le cœur*
de Cecile.

Ce cœur bat-il toujours si vîte ?
Mais non, son Colin n'est pas là.

CECILE.

Ah ! de frayeur mon cœur palpite !
(*à part.*)
Mais, qu'entend-il donc par cela ?

LE BAILLI.

Non, non, fon Colin n'eft pas là,
Et ce cœur pour lui feul s'agite;
Ou s'il s'agite encor pour moi,
C'eft de plaifir quand je te quitte,
C'eft de chagrin quand je te voi.

CECILE.

Ah ! de frayeur mon cœur palpite;
Il ne s'agite que d'effroi.

SCENE XI.

LE BAILLI, CÉCILE, LES SERGENS
*appellés par le Bailli , & entrant fur la fcène avec
un grouppe affez confidérable d'hommes , de femmes
& de jeunes filles ; trois petites filles fe détachent pour
concerter enfemble fur un des coins du Théâtre. Cécile
éplorée refte devant fa porte , & s'oppofe , avec les
geftes de l'attendriffement & du défefpoir , aux Sergens que le Bailli excite à dépouiller la maifon de
Cécile des ornemens qui la décorent.*

CHŒUR.

B iv

CHŒUR.

LE BAILLI.

Holà, Sergens, vengez l'outrage;

*(Il montre le drapeau &
les festons de fleurs.)*

Arrachez ces marques d'honneur;

(A part.)

Vengez l'affront, servez ma
rage;

(Haut.)

Point de pitié pour sa douleur;

(A part.)

Point de pitié... Dieux qu'elle
est belle!

(Haut.) *(A part.)*

Obéissez... Ciel que d'attraits!
Amour, tu rends l'ame cruelle!
Je rends les maux que tu me
fais.

(Après que Cécile est rentrée.)

(Aux Sergens.)

Obéissez, je vous l'ordonne,
Je la condamne avec effort.

*(Il arrache lui-même les guir-
landes les plus basses qui décorent la maison.)*

S'il faut l'exemple, je le donne;

(A part.)

Loin d'elle je me sens plus fort.

CÉCILE.

Ciel quel affront! Dieux quel
outrage!
Ah, déchirez plutôt mon
cœur!

(A part.)

Colin : ô Ciel! je perds cou-
rage,
Mon pere en mourra de dou-
leur.
Puis-je le croire!
Beau jour de gloire!
Hélas qu'êtes-vous devenu.
Ah! je frissonne.
Tout m'abandonne.
Fuyons, hélas, tout est perdu.

(Cécile rentre chez elle.)

**LES SERGENS
ET LES PAYSANS.**

LES SERGENS , *au Bailli.*

Nous n'en aurons pas le cou-
rage;
En la voyant, qui ne partage,
Qui ne partage ses douleurs.

LES PAYSANS.

Qu'a-t-elle fait? c'est un outrage,
Elle est si belle & si sage!
Laissez-vous toucher par ses
pleurs.

LES SERGENS.

(Après que Cécile est rentrée.)

Puisqu'il le faut, en son ab-
sence,
Obéissons,

*(Ils arrachent les guirlandes
& le drapeau blanc.)*

Mais croyez bien qu'en sa présence
Vous ne l'obtiendriez jamais.

CHŒUR.

ANNETTE.	NINA & LUCILE.
Elle que l'on difoit fi fage,	Elle que l'on difoit fi fage,
Mérite-t-elle fon malheur?	Demain, demain n'a plus la fleur.
Un baifer tendre?	Nous avons vu le baifer tendre
Le laiffer prendre !	Qu'à Colin elle laiffoit prendre!
	On l'a furprife avec Colin
Sur fon cœur lui plaçant la main,	Sur fon cœur lui plaçant la main.
Oui-dà Cécile, oui-dà Colin.	
(Quand Cécile eft rentrée.)	*(Quand Cécile eft rentrée.)*
Sa peine eft auffi trop cruelle,	Sa peine eft auffi trop cruelle;
Ah ! qu'avez-vous fait dans ce jour!	Ah ! qu'avons-nous fait dans ce jour!
Vous avez dépofé contre elle:	Nous avons dépofé contre elle:
Ah! je m'attendris à mon tour.	Ah! je m'attendris à mon tour.

Fin du premier Acte.

ACTE SECOND.

SCENE PREMIERE.

CÉCILE, COLIN, *avec les geftes de la colère & du défefpoir ; ils entrent chacun d'un côté oppofé, & vont promptement l'un à l'autre.*

Il refte, à la maifon, quelques veftiges des guirlandes que le Bailli a fait arracher. Le Théâtre doit s'éclairer infenfiblement & marquer les progrès du jour.

(*Avant la ritournelle du Duo, on entend un coup de tonnerre éloigné, & un autre pendant la ritournelle.*)

D U O.

CÉCILE.

Colin, quel eft mon crime?

COLIN, *montrant les ornemens arrachés.*

Reconnois le Bailli.

CÉCILE.

Croit-il l'amour un crime?

COLIN.

Il en juge par lui.
Le nôtre est légitime.

CÉCILE.

J'en serai la victime.

COLIN.

Non repose-toi sur lui,
Oui, l'amour est notre appui.

ENSEMBLE.

CÉCILE.	COLIN.
Dieu des amours,	Peux-tu douter de son secours,
Viens, viens nous rendre de	Il nous protege, & pour toujours
beaux jours.	Il veille sur nos jours.

CÉCILE, *avec effroi.*

J'entends mon père,

COLIN.

Non, non, ma chère,
Il dort, il dort.

CÉCILE, *tremblante.*

Affreux mystère,
Craindre son père!
O! triste sort....

COLIN.

Fille si chère,
Tu crains ton père,
Tu méritois un meilleur sort.

ENSEMBLE.

COLIN.	CÉCILE.
S'il faut une victime,	S'il faut une victime,
Que j'en serve seul en ce jour:	Que j'en serve seule à l'amour:
L'inconstance est un crime,	Si l'amour est un crime,
Mais c'est le seul en amour.	Je suis bien coupable en ce jour.

COLIN.

Va, va, j'ai tout appris.

CÉCILE.

Colin, qu'allons-nous faire?
Où me cacher, où fuir en revoyant mon père?
Prévois-tu toute fa fureur?
Il va m'accufer de fa honte.

COLIN.

Ah! je crains fon courroux,

CÉCILE.

Je crains plus fa douleur!

COLIN.

Va, la vengeance fera prompte....

CÉCILE, *(on entend un coup de tonnerre, encore dans l'éloignement.)*

Que feras-tu?

COLIN.

Je cours aux pieds de Monfeigneur;
Je lui peindrai notre malheur extrême;
Je lui dirai combien je t'aime,
Je lui dirai les crimes du Bailli;
J'y vole...... Monfeigneur n'eft pas loin du
Village.

CÉCILE, *inquiete.*

On entend un coup de tonnerre.

Il n'eft pas jour encor.... j'entends gronder l'orage;
Arrête.

COLIN, *écoutant le coup de tonnerre.*

Que m'importe.

CÉCILE, *tendrement.*

Ecoute, mon ami.....
A cette heure, au moulin, tu n'as point de passage;
Chacun dort à présent.... le Ciel sert le Bailli,
Et la barque enchaînée.....

COLIN.

Une barque aujourd'hui !

ARIETTE.

Et que me fait l'orage,
Va , je puis le braver ?
Je crains peu le naufrage,
Quand il faut te sauver.
Sécher tes larmes,
Calmer ton désespoir,
Venger tes charmes,
Est un devoir.

Le tourment de ton père,
Ta douleur, sa colère,
Voilà le vrai danger ;
Va, cesse de me plaindre ;
Ce seroit m'outrager ;
Ton amant ne peut craindre
Que de vivre sans te venger.

Adieu.

CÉCILE, *à Colin qui veut s'en aller.*

Toi, me quitter !

COLIN.

Oui.

CÉCILE.

Moi, que je t'expose !

COLIN.

Ma Cécile, il le faut.....

CÉCILE.

Il le faut, & pourquoi ?

COLIN, *avec chaleur.*

Pourquoi ? pour te rendre la Rose.

CÉCILE, *avec désespoir.*

Non, je ne le veux pas .....

COLIN.

Va, ne crains rien pour moi :

(On entend le père de Cécile tousser dans la maison.)

Mais, qu'entends-je ?

CÉCILE.

Ciel, c'est mon pere !

COLIN, *fuyant à toutes jambes.*

Adieu, songe à Colin.

CÉCILE, *en pleurs.*

(Un grand coup de tonnerre)

Chaque coup de tonnerre,
De mon cœur vient doubler l'effroi .....

(Elle fait quelques pas vers sa maison, & la regarde
avec les gestes du désespoir.)

Pour les regards d'un père, ah ! quelle affreuse image !
S'il y porte les yeux, oui, s'il voit cet outrage,
La mort, au même instant, descendra dans mon sein.

SCENE II.

HERPIN, CÉCILE.

Herpin paroît avec son col défait, ses jarretieres non attachées, & comme un homme qui sort de son lit.

(Pendant cette Scene, le Théatre doit s'éclairer sensiblement. Herpin a toujours le dos tourné à sa maison, & parconséquent, ne peut s'appercevoir que le drapeau n'y est plus, ce qui donne lieu à un jeu de Théatre intéressant.)

CÉCILE, *avec trouble.*

C'Est lui.

HERPIN.

Comme elle est vigilante !
Le plaisir éveille matin ;
Il est bon d'être diligente,
Mais l'excès nuit, ma fille, il faut dormir enfin.
Je deviens vieux, ma marche est chancelante ;
Ménage ta santé pour le bonheur d'Herpin.

ARIETTE.

Du poids de la vieillesse
Tu dois me soulager ;
Ta gloire & ta sagesse
M'empêchent d'y songer.
A la lumiere,
L'œil de ton père
N'a plus qu'un jour à s'animer;
Dans mon asile,
C'est à Cécile
A le fermer.

(Cécile

(Cécile embraſſe ſon père en pleurant.)

Tu pleures.... Qu'as-tu, mon enfant?...
 Ah! jouis dès la matinée,
 Jouis de l'eſpoir conſolant
 De la plus heureuſe journée.
 Ce ſoir, la Roſe en fleur,
 Se poſe ſur ton cœur;
 Je vais t'en voir ornée.
Tu pleurs.... Qu'as-tu donc, mon enfant?...

 Du poids de la vieilleſſe
 Tu dois me ſoulager;
 Ta gloire & ta ſageſſe
 M'empêchent d'y ſonger.
  A la lumiere,
  L'œil de ton père
 N'a plus qu'un jour à s'animer;
  Dans mon aſile,
  C'eſt à Cécile
  A le fermer.

HERPIN, careſſant ſa fille.

 Le Ciel me traite bien .... une fille charmante!
Des graces & des mœurs! quelle union touchante!
Quel doux prix de mes ſoins, tous mis à la former!
Elle a près de ſeize ans; pour elle enfin s'apprête
 Le moment dangereux d'aimer......
 Elle aime .... & c'eſt un cœur honnête,
 A qui ſon cœur pur s'eſt donné.

(Avec vivacité & preſſant le débit.)

Oui, ma fille, demain, pour bouquet de la fête,
Ton amant pour époux, par moi t'eſt deſtiné.
Colin eſt laboureur .... eh! je le ſuis moi-même!
(Pour un état plus haut, il eſt vrai, j'étois né!)
Colin eſt laboureur, ma fille, mais il t'aime;
Et ce n'eſt point l'éclat qui rend plus fortuné.
        C

C É C I L E, *avec transport & tendresse.*

Non, non, l'éclat n'est rien, la richesse; eh qu'importe!

H E R P I N.

Colin sera bien aise . . . . hem . . . ! fais-moi cet aveu?

C É C I L E, *avec une exclamation douloureuse.*

Mon père, ah, je le crois!

H E R P I N, *en souriant.*

Mais, mon enfant, parbleu,
Il a grande raison de penser de la sorte . . . . .
Quelle joie il a du sentir au fond du cœur,
Quand il a pu voir sur ta porte
Flotter le beau drapeau d'honneur!

(Ici Herpin fait un mouvement pour se retourner
du côté de sa maison.)

C É C I L E, *l'arrêtant avec force, & s'écriant avec*
le ton du désespoir.

Mon père! ah! mon père!

H E R P I N, *changeant de ton, prenant un air fort*
sévère, & repoussant un peu Cécile de
ses bras.

A la fin,
Cécile, quel est ce mystere?
Qu'est-ce donc?

C É C I L E, *consternée.*
(Un coup de tonnerre.)
Juste Ciel!

HERPIN.

Vous avez du chagrin ;
Et le cachez à votre père ?
Vous le méritez donc ? répondez à cela.

*(Il surprend sa fille jettant les yeux avec inquiétude
du côté de la maison, & se tourne avec précipitation
lui-même de ce côté . . . . .)*

Que regardez-vous toujours là ?

*(Il apperçoit les vestiges des guirlandes arrachées à la
façade de sa maison, & reste un moment consterné.)*

DUO.

HERPIN.

O ! malheureuse,
Qu'as-tu donc fait ?

CÉCILE.

Je n'ai rien fait.

HERPIN.

Tu n'as rien fait ?
(Regardant les vestiges des guirlandes.)
Image affreuse !

CÉCILE, *à son père.*

Je n'ai rien fait. . . .
(A part.)
Hélas, que dis-je ?
Ah ! je l'afflige,
C'est un forfait.

HERPIN.

Toi qui devois être Rosiere,
Tu déshonores donc ton père ?
De la gloire à la honte, hélas !
Il n'est qu'un pas.

CÉCILE.

De grace, écoutez-moi, mon père.

HERPIN.

Tu forces donc l'œil de ton père
A s'armer de couroux ?

(L'orage augmente.)

Entends-tu gronder le tonnerre,
C'eſt toi qui l'attire ſur nous.

CÉCILE.

Ciel! j'entends gronder le tonnerre,

(A part.)

Ah! Colin, que deviendrez-vous ?

*(Ici on entend, dans le lointain, les Habitans de Salenci qui
pouſſent des cris affreux, & dont les voix ſe mêlent à celle
d'Herpin & de ſa Fille.)*

LE CHŒUR.

Dieux, quel orage!

HERPIN.

Le Ciel eſt en courroux.

LE CHŒUR.

Sauvez ce malheureux qui nage.

HERPIN.

Le Ciel eſt en courroux.

CÉCILE, *à part.*

Colin! ô Ciel! je perds courage.

LE CHŒUR.

Il périt… il tombe… il ſurnage…

*(Cécile écoute le Chœur avec une attention marquée & le
témoignage du plus grand effroi.)*

CÉCILE.

Ah, Colin! que deviendrez-vous?

LE CHŒUR.

Il périt.... courez tous.

HERPIN.

Le Ciel est en couroux,
Entends-tu gronder le tonnerre?
C'est toi qui l'attire sur nous.

CÉCILE.

O Ciel! épuise ta colère,
Mais frappe-moi seule de tes coups.

HERPIN.

Entends-tu gronder le tonnerre?
C'est toi qui l'attire sur nous.
O Ciel! épuise ta colère;

(*A part.*

Mais frappe-moi seul de tes coups.

CÉCILE.

O Ciel! épuise ta colère,
Et frappe-moi de tous tes coups.

(*Cécile tombe aux genoux de son pere qui l'entraîne dans
sa maison.*)

HERPIN.

Ah! j'ai trop vécu .... levez-vous,

SCENE III.

LE BAILLI, *accourant comme un homme qui se
sauve de la pluie, il a l'air de l'effroi & du trouble.*

QUEL coup du sort... Quel diable eût pu s'attendre....
J'en suis encor tout étourdi...
Le Ciel m'a par trop bien servi;
Pauvre Colin!... (je me croyois moins tendre,)

Pauvre Colin !... Mais toi, pauvre Bailli !
Crois-tu ton supplice fini ?
Non, non ; du vieil Herpin tu n'es pas encor gendre...
Non, de sa fille encor tu n'es pas le mari...

(*Il se tire l'oreille.*)

Oh ! le vieux sot ! la vieille bête !
Je deviens imbécile ou cruel tour à tour ;
Un démon me tourne la tête....
C'est le plus fort de tous ; c'est le démon d'amour.

A R I E T T E.

Ah ! le Ciel est bien en colère
Quand il permet de s'enflammer,
Quand il ordonne encor d'aimer
A qui ne sauroit plaire.

Je sens du poison dans mon cœur,
Plus je me trouve ridicule,
Et plus je brûle,
Pour mon malheur.

On me hait ; j'aime à la fureur....
Eh bien ! n'écoutons que ma rage ;
Désespérons qui nous outrage ;
Que tous mes maux lui soient rendus...
Elle en souffrira davantage,
Et ne m'en aimera pas plus....

Ah ! le Ciel est bien en colère
Quand il permet de s'enflammer,
Quand il ordonne encor d'aimer
A qui ne sauroit plaire.

(*Allant à la porte d'Herpin avec l'air fort empressé.*)

Frappons... Ouvrez... C'est moi, bon homme Herpin.

SCENE IV.

LE BAILLI, HERPIN.

HERPIN, *d'un ton grave, & reſtant ſur le ſeuil
de la porte.*

O ! ho ! vous voilà bien matin !
Vous avez donc du mal à nous apprendre ?

LE BAILLI.

Comment ? que veut dire ceci ?

HERPIN.

Rien de plus facile à comprendre ;
C'eſt qu'autrement, encor vous ſeriez endormi.

LE BAILLI.

Un moment, ſi tu veux m'entendre ;

HERPIN, *voulant rentrer.*

Ma fille m'a tout dit ; laiſſe-moi, laiſſe-moi.

LE BAILLI.

Ecoute, Herpin, écoute...

HERPIN.

(*Il avance ſur la ſcène.*)

Quoi ?

J'écoute.

LE BAILLI.

Tu chéris ta fille ?...

C iv

HERPIN, *avec transport.*

Oui, oui, je l'aime, & malgré toi,
Elle est encor l'honneur de sa famille.

LE BAILLI.

Ecoute-moi... Foi d'honnête Bailli.

HERPIN, *l'interrompant & lui montrant les*
vestiges de la décoration de sa maison.

Et malgré cet outrage infâme,
Elle est encor l'honneur de Salenci.
Elle aime. Eh bien ! aimer mérite-t-il un blâme ?

LE BAILLI, *embarrassé, & avec l'air*
effrayant.

Ah ! tu ne sais pas tout : écoute, mon ami.

HERPIN.

Moi, ton ami ! tu connois mal mon ame.

LE BAILLI.

Rien n'est perdu : tiens., je suis riche, Herpin :
Je prends, si tu le veux, ta fille pour ma femme,
Et lui rends la Rose demain.

HERPIN.

A présent que me fait la Rose ?
Cruel, quand ta main en dispose,
Quel prix peut avoir cette fleur ?
Long-temps la main de Monseigneur
Sut la rendre digne d'envie ;
Elle étoit le prix des vertus....
Tu la donnes.... elle est flétrie,
Et ma Cécile n'en veut plus.

LE BAILLI.

Crois-tu donc m'honorer en me prenant pour gendre ?

HERPIN.

Toi, de Cécile époux ! va, cesse d'y prétendre :
En me déshonorant aux yeux de Salenci,
(Non pas aux miens, c'est impossible !)
Tu peux me contraindre aujourd'hui
A quitter ce hameau, mon toît jadis paisible ;
          A fuir errant, infortuné,
     Contraint à demander après avoir donné :

(*tendrement.*)

          Cécile, avec son pauvre père,
Seule auroit trop alors à porter sa misère ;
Je veux au moins, pour adoucir son sort,
Lui garder son amant, (l'amour de tout console,)
J'aime mieux Colin pauvre, honnête, sans remord...

     LE BAILLI, *avec l'air attendri &*
              embarrassé.

Hélas ! mon cher Herpin, ton espoir est frivole ;
          Ce pauvre Colin ! il est mort.

     HERPIN, *avec le ton de la douleur.*

Juste Ciel !....

          LE BAILLI.
          Pendant cet orage.

          HERPIN.

Il est mort ! que dis-tu ?

LE BAILLI.

Je dis la vérité;
En paſſant la riviere , il aura fait naufrage :
J'ai chez moi ſon habit que l'on m'a rapporté ,
On l'a trouvé ſur le rivage.

D U O.

HERPIN.	LE BAILLI.
Cruel, détourne ces objets	Ah! je partage tes regrets.
Des yeux de ma Cécile en lar-	
mes ;	
Si ſa mort pour toi n'a des char-	
mes ,	
Dérobe-les lui pour jamais.	
Colin eſt mort, oh, ma Cécile!	
Il n'eſt plus de bonheur pour toi ;	Reviens à moi, reviens à moi.
Non, il n'eſt plus un jour tran-	Jè lui promets un ſort tranquile
quile	
Pour toi, Cécile ,	A ta Cécile,
Ni pour moi.	Et même à toi.
Oh! ma Cécile,	
Oh ! triſte ſort ,	Je plains ſon ſort;
Colin eſt mort.	Colin eſt mort.

SCENE V.

CÉCILE & les Précédents.

CÉCILE, *accourt & jette un cri douloureux en tombant évanouie dans les bras de son père.*

IL est mort !

HERPIN.

Mon enfant !

CÉCILE.

O mon père !

Il est mort !

HERPIN, *emportant sa fille, & pouſſant violemment le Bailli qui veut l'aider.*

Laiſſe-nous . . . . .

LE BAILLI, *voulant toujours ſuivre.*

Je veux.

HERPIN, *le pouſſant violemment d'une main.*

Crains ma colère.

SCENE VI.

LE BAILLI, *ſeul.*

LE bon homme eſt vert, quoique vieux.
Il a tant de vertus qu'il en eſt ennuyeux.

SCENE VII.

LE BAILLI, JEAN GAUD, *un baton
à la main, & le pan de son habit dans son bras.*

JEAN GAUD, *courant après le Bailli
qui veut s'en aller.*

HOLA, vous ; dites donc, dites-nous la demeure...

LE BAILLI, *avec surprise & dignité.*

Et de qui ?

JEAN GAUD.

Du bon homme Herpin.

LE BAILLI.

Pourquoi ?

JEAN GAUD.

Pour lui parler.

LE BAILLI.

Lui parler ?

JEAN GAUD.

Oui, sur l'heure.

LE BAILLI.

De quelle part ?

JEAN GAUD, *impatienté.*

De celle de Colin.

LE BAILLI, *épouvanté & reculant.*

Es-tu sorcier, diable ou lutin ?

JEAN GAUD.

Je ne fuis ni forcier, ni diable.

LE BAILLI.

Eft-il bien fûr ?

JEAN GAUD.

Parbleu, très-véritable :
Je fuis Jean Gaud , Meûnier du Village voifin ,
Mais , dépêchez ; voyez quel grand myftere ;
Où donc eft la maifon ?

LE BAILLI, *cherchant à éluder.*

Herpin eft en affaire.

JEAN GAUD.

Eh bien ! c'eft une affaire auffi ;
Et bonne encor , & qui le fera rire ;
Mais , qui n'en rira pas , c'eft fon chien de Bailli.
Oh ! fi je le tenois . . . .

LE BAILLI, *à part.*

Me voilà bien ici.

JEAN GAUD.

Ba , Colin m'a tout dit.

LE BAILLI.

Ecoute, mon ami.
(*à part.*) Si je pouvois ici m'inftruire . . . .
(*haut.*) Le connois-tu beaucoup Herpin ?

JEAN GAUD.

Du tout, pourquoi ?

LE BAILLI, *avec l'air grave.*

Je le vois bien.

JEAN GAUD.

Comment?

LE BAILLI.

C'eſt que c'eſt moi.

JEAN GAUD, *avec tranſport, & riant lourdement.*

Je m'en étois douté ; c'eſt ma ſorcellerie.

LE BAILLI, *vîte.*

Vraiment, tu te connois en phyſionomie.
Mais dis, que fait Colin . . . . . ?

JEAN GAUD.

Oh ! c'eſt un fier garçon !

LE BAILLI.

Oui, mais au fait.

JEAN GAUD.

J'avons le poignet ferme ;
J'avons porté ſix cens, ſans plus broncher qu'un terme,
Des grands prés à notre maiſon.

LE BAILLI, *frappant du pied.*

Je le crois ; mais Colin ?

JEAN GAUD.

C'eſt bien autre merveille ;
Je ne ſuis qu'un enfant en ſa comparaiſon ;
Si nous tenions tous deux le Bailli par l'oreille,
Il ſeroit ſecoué de la bonne façon.

(Le Bailli effrayé s'éloigne toujours de Jean Gaud
qui s'en approche avec l'air de la confiance.)

ARIETTE.

Ma barque flottante
Portoit mes filets ;
Une onde dormante
Servoit mes projets.
Soudain un tapage
A faire trembler,
Au Ciel faisant rage,
Vient tout ébranler.
Ma barque s'engage,
S'échappe en debris ;
L'écho du rivage
Repousse mes cris ;
Colin, à la nage,
S'unit à mon fort ;
Et malgré l'orage,
Me conduit à bord.

LE BAILLI.

Se peut-il ! Colin n'est pas mort ?

JEAN GAUD.

Non ; mais ce n'est pas tout.

LE BAILLI.

Comment donc ?

JEAN GAUD.

Votre fille ;
(Il l'aime comme un fou ; je sais qu'elle est gentille ;
Tout le monde le dit.)

LE BAILLI.

Un jour tu finiras.

JEAN GAUD, *lui frappant rudement sur l'épaule.*

Papa, ne vous chagrinez pas.
Votre Bailli.... le chien....

LE BAILLI.
Après.

JEAN GAUD.

Aura beau faire ;
Cécile, malgré lui, sera toujours Rosière,
Monseigneur va venir, c'est ça qu'est un bon tour.

LE BAILLI, *transporté.*

Monseigneur ! .... Il suffit ; va, presse ton retour.

JEAN GAUD.

Je ne suis pas pressé.

LE BAILLI.

Retourne à ton Village.

JEAN GAUD.

Pourquoi ? moi, je voudrois rester au mariage.

LE BAILLI, *le repoussant pour le faire sortir.*

Ah ! ce n'est pas pour aujourd'hui ;
Tu peux partir, si le Bailli
Alloit avec moi te surprendre.....

JEAN GAUD.

Parbleu, je n'ons pas peur de lui.

LE BAILLI, *toujours le poussant.*

Va-t-en.

JEAN GAUD, *se retournant avec brusquerie.*

Oh ! je pouvons l'attendre.

LE BAILLI, *le poussant tout-à-fait dehors.*

Va-t-en, Va-t-en, maudit bavard.

(*Et seul en traversant le fond du Théâtre pour sortir
de l'autre côté.*)

Vous viendrez, Monseigneur, mais il sera trop tard.

Fin du second Acte.

ACTE

ACTE TROISIÉME.

Le Théâtre représente un Paysage agréable. On voit une riviere dans le fond, & plusieurs Paysans sur la rive opposée, occupés à réparer le dégat causé par l'orage, & à amarer plusieurs barques au rivage. Des montagnes élevées terminent ce tableau. Au-delà de la riviere, & à gauche du Théâtre, en-deçà de la riviere, on apperçoit un petit tertre qui la domine.)

SCENE PREMIERE.

LE BAILLI & LES PAYSANS.

LE BAILLI, *se démenant de toutes ses forces; il pousse devant lui, & hâte de son mieux plusieurs Paysans, les uns chargés de branches de feuillages, les autres de diverses choses qui peuvent être nécessaires à la préparation de la Fête de la Rose. Il les heurte, il les bat; il a l'air d'un égaré: les uns sont effrayés, d'autres lui font peur.*

CORYPHÉE.

A l'instant je l'ordonne,
Que la Rose se donne,
Hâtez tout pour cela.

D

UN PAYSAN, *aux autres.*
Qui donc a la couronne ?

UN AUTRE.
On ne nomme personne.

UN AUTRE.
Pourquoi donc ce train-là ?

LE BAILLI, (*montrant du doigt où doivent être*
placés le dais & le trône destinés à la Rosiere.)

Hâtez tout ; je l'ordonne ;
Là le dais, là le trône :
Dépêchez ; c'est fort bien :
Vîte & vîte, sur-tout ;
La façon n'y fait rien,
C'est le temps qui fait tout.

LES PAYSANS.

C'est fort bien ; c'est bien dit ;
Mais, parbleu dans ce cas,
Le marteau ne va pas
Si vîte que l'esprit.

LE BAILLI, (*à part sur le devant du Théâtre, tan-*
dis que dans le fond & sur les côtés, les Pay-
sans s'occupent à couper des branches d'arbres,
& frappent en mesure avec leurs coignées.

Pauvre Cécile !
Heureux Colin !
Maudit Herpin !
Ah ! se venger est plus facile
Qu'arracher l'amour de son sein....
Plus de pitié, plus de clémence,
Plus de pitié pour ces gens-là.
Oui, je voudrois déja
Que la Fête commence.
A mes pieds je la verrai-là,
Et j'aurai sa main ou vengeance ;
A mes pieds je la verrai là....

Déja dans ma tête
J'entends la marche de la Fête.

(*Marche.*)

(*Les Payfans quittent leur ouvrage pour regarder le Bailli, & fe moquent de lui.*)

LE BAILLI.

A mes pieds je la verrai-là,

LES PAYSANS.

La belle Fête que cela!

LE BAILLI.

Tout eft-il prêt ? fort bien ; courage mes enfans.
Et moi, je vais d'ici preffer les Habitans.

Il fort, les Payfans le regardent fortir, & abandon-
nent auffi-tôt leur ouvrage.

SCENE II.

CÉCILE, *feule.*

(*Elle arrive éperdue, les cheveux épars, & fe laiffe*
tomber fur un banc de gazon.

RÉCITATIF OBLIGÉ.

J'AI tout perdu, mon Amant & la Rofe,
J'ai tout perdu, j'ai perdu mon Amant.
Mon père pleure en ce moment ;
De fa douleur je fuis la caufe ;
Qu'il me pardonne fon tourment !
Ah ! j'ai perdu mon Amant & la Rofe,
J'ai tout perdu, j'ai perdu mon Amant.

Hélas! que faire au monde?
Dans ma douleur profonde
Je détefte le jour,
Je hais jufqu'à l'amour!
Lui feul il eft la caufe
De mon affreux tourment.

J'ai tout perdu, mon Amant & la Rofe,
J'ai tout perdu, j'ai perdu mon Amant.

Sur ce cruel rivage,
Je vois par-tout l'outrage;
Colin trouve la mort;
Ah! vivre eft un effort
Qui paffe mon courage.

Sur ce rivage,
Sur ce cruel rivage,
Oui, Colin, je partage
Ton fort.

Elle monte avec précipitation fur le tertre qui domine la riviere, & eft prête à s'élancer à l'inftant où Colin paroît au fommet des montagnes qui terminent le fond du Théâtre.

SCENE III.

CÉCILE, COLIN.

COLIN, *du haut de la montagne appercevant Cécile prête à fe précipiter.*

Cécile, ô Ciel !

CÉCILE.

C'eft Colin !.... je me meurs.

Elle tombe évanouie.

(*Pendant la ritournelle du duo, Colin defcend préci-*
pitamment la montagne , paffe la riviere dans
une barque , & fe trouve aux genoux de Cécile
quand le duo commence.

DUO.

COLIN.

Reconnois ton Amant fidele,
Cécile, il vient fécher tes pleurs.

CÉCILE.

Eft-ce toi, mon Amant fidele ?
Quels fons fufpendent mes douleurs?

COLIN.

Quel bonheur fera donc le nôtre?

CÉCILE.

A jamais vivons l'un pour l'autre;
Colin, j'allois mourir pour toi.

COLIN.

Quoi, tu voulois mourir pour moi !

CÉCILE.

Pour toi que j'aime!

COLIN.

Mon bien fuprême.

ENSEMBLE.

COLIN.	CÉCILE.
Celui qui t'aime	Celui que j'aime
Vivra toujours pour toi.	Va donc vivre pour moi.

COLIN.

Ah ! Cécile ....

CÉCILE.

Ah méchant ! dans quelle horrible gêne !....
(*s'attendriffant.*)
J'en pleure encor.

COLIN.

Ah Dieu !

CÉCILE.

Va, ce n'eft plus de peine.

(*Effuyant fes yeux.*)
Mais dis-moi donc.

COLIN.

Connois tout mon bonheur,
J'amene en ces lieux Monfeigneur.

CÉCILE, *tranfportée*.

Monfeigneur !

COLIN.

Oui, pour te rendre la Rofe,
Il revient tout exprès, il arrive en ces lieux....

CÉCILE.

Ah Dieux !

COLIN.

Si tu favois comme il eft généreux !

CÉCILE.

Le bon Seigneur !

COLIN.

Tantôt, quand hors d'haleine,
J'ai couru lui conter ma peine,

Les crimes du Bailli, nos malheurs à tous deux,
Avec tant d'intérêt, il paroissoit m'entendre !
Il avoit les larmes aux yeux,....

CÉCILE.

Ah ! je ne croyois pas qu'un Seigneur fût si tendre !

COLIN.

Il faut que Monseigneur soit lui-même amoureux.

DUO.

COLIN.

Après l'orage,
Un jour bien doux
S'offre à nous
Sans nuage.

CÉCILE.

Après l'orage
Quel doux présage,
Que de beaux jours
Pour nos amours !

COLIN.

La tendre tourterelle,
Que poursuit l'épervier,
S'enfuit à tire-d'aîle
Dans le sein du ramier
Amoureux & fidèle.

CÉCILE.

Ainsi banissant son effroi,
L'amoureuse Cécile
Devient tranquille
Auprès de toi.

ENSEMBLE.

Après l'orage
Un jour bien doux
S'offre à nous
Sans nuage.

Après l'orage
Quel doux préfage ;
Que de beaux jours
Pour nos amours.

CÉCILE.

Ah ! Colin, comme la nature
S'embellit quand on eft heureux !

COLIN.

Mais pour goûter les biens qu'elle procure,
Cécile, il faut être amoureux.

CÉCILE.

N'entends-tu pas comme fous la verdure
Le frais zéphir plus doucement murmure ?

COLIN.

Ah ! quel air pur !

CÉCILE.

Quelle fraîcheur !

COLIN.	CÉCILE.
Oüi, Cécile, dans la nature	Oui, le calme de la nature
Tout partage notre bonheur.	A paffé dans mon cœur.

ENSEMBLE.

Après l'orage
Un jour bien doux
S'offre à nous
Sans nuage.

Après l'orage
Quel doux préfage ,
Que de beaux jours
Pour nos amours.

CÉCILE.

Mais, Colin, Monfeigneur ne vient pas ... qui l'arrête?

COLIN, *regardant fi perfonne n'arrive.*

Il viendra, te verra, commandera la Fête.

CÉCILE.

Mon cher Colin, depuis que je te voi;
La Rofe eft chere encore pour moi.

COLIN.

Bientôt elle ornera ta tête.

*(On entend la fymphonie qui annonce les Habitans
& la Fête de la Rofe.)*

CÉCILE.

Qu'entends-je ?

COLIN.

Jufte Ciel ?

CÉCILE.

Colin, l'on vient ici ;
Pour la Fête, tout fe difpofe.

SCENE IV.

COLIN, CÉCILE, LE BAILLI.

(Les garçons portent des branches d'arbres pour construire le dais de feuillage, sous lequel on doit couronner la Rosiere, & les filles portent chacune un arc de fleurs. Ils arrivent en foule par la droite du Théâtre, avec le reste du Village : les trois Juges Vieillards ensemble ; les filles suivant les Vieillards. Le Bailli entre précédé de Nina & de Lucile, habillées comme les Prétendantes à la Rose, & d'un Hocqueton portant un large drapeau blanc déployé.)

CÉCILE, *à Colin avec le ton de désespoir.*

C'EN est fait, j'ai perdu la Rose.

LE BAILLI, *avec l'air triomphant.*

Oui, oui, vous la perdez.

SCENE V.

LE SEIGNEUR.

(Le Seigneur entre par la gauche du fond du Théâtre tenant le bon homme Herpin par la main. Il est suivi d'une suite nombreuse qui occupe en demi cercle le fond du Théâtre du côté de la Reine, comme les Habitans occupent le fond du côté du Roi.)

LE SEIGNEUR, *au Bailli.*

VOUS vous trompez, Bailli.

CHŒUR.

CÉCILE.	COLIN.	LE BAILLI, (*avec Nina & Lucile, placées au coin du théâtre, à droite.*
Bonheur suprême, C'eſt Monſeigneur ; Oui, c'eſt lui-même : Ah ! quel bonheur.	Bonheur suprême, C'eſt Monſeigneur ; Oui, c'eſt lui-même Ah ! quel bonheur.	Oh ! trouble extrême ! C'eſt Monſeigneur ! Oui, c'eſt lui-même, J'enrage de bon cœur.

CÉCILE.

Bonheur ſuprême,
C'eſt Monſeigneur ;
Oui, c'eſt lui-même :
Ah ! quel bonheur.

ENSEMBLE.

Calmez la peine extrême
Qui déchire mon cœur,
Rendez-moi ce que j'aime
Et la Roſe & l'honneur.
(*A Herpin.*)
Vous, mon père, vous-mê-
me,
Ah ! priez-le avec nous.
(*Au Seigneur.*)
Je tombe à vos genoux.

LE SEIGNEUR.

Oui, c'eſt moi-même,
Moi qui vous aime,
Et viens ſécher vos pleurs,
Appaiſez vos douleurs.

(*A Colin, Cécile, Herpin.*)
Levez-vous.
Au Bailli.)
Taiſez-vous.

COLIN.

Bonheur ſuprême,
C'eſt Monſeigneur ;
Oui, c'eſt lui-même
Ah ! quel bonheur.

ENSEMBLE.

Calmez la peine extrême
Qui déchire mon cœur,
Rendez-lui ce qu'elle aime,
Et la Roſe & l'honneur.
(*A Herpin.*)
Vous, mon père, vous-mê-
me,
Ah ! priez-le avec nous.
(*Au Seigneur.*)
Je tombe à vos genoux.

HERPIN.

Oui, c'eſt lui-même,
C'eſt Monſeigneur,
Lui qui nous aime,
Lui qui nous rend l'hon-
neur.
(*A Cécile.*)
Pour le prier moi-même,
Oui, je me joins à vous,
Je tombe à ſes genoux.

LE BAILLI, (*avec Nina & Lucile, placées au coin du théâtre, à droite.*

Oh ! trouble extrême !
C'eſt Monſeigneur !
Oui, c'eſt lui-même,
J'enrage de bon cœur.

(*A part aux petites filles.*)
Annette & vous, Lucile,
Comptez ſur moi.
(*A part à chacune.*)
Oui, la Roſe eſt à toi.
Oui, la Roſe eſt à toi.
Mais accuſez Cécile.
(*Les petites filles.*)
Oh ! devant Monſeigneur,
Oh ! non, non, j'ai trop
peur,
Et j'aime trop Cécile.

LE CHŒUR.

Ah ! quel bonheur !
C'eſt Monſeigneur.

Le bon Seigneur.

CÉCILE & COLIN, (*aux genoux du Seigneur.*)

Monſeigneur !

LE BAILLI, *étourdi.*

Monſeigneur.

LE SEIGNEUR, *à Cécile & à Colin.*

Levez-vous, je l'ordonne.

(*à Cécile, la relevant par la main.*)

On vous ôte la Roſe, & moi je vous la donne.

LES VIEILLARDS, *avec empreſſement.*

Monſeigneur, permettez.....

LE SEIGNEUR, *les interrompant.*

Je reſpecte vos loix;
Vieillards, je ne viens point pour uſurper vos droits;
Je ſais qu'en donnant la couronne,
Je dois toujours confirmer votre choix.

(*En montrant Cécile.*)

Mais je veux qu'à vous-même, elle doive la Roſe;
Je ne la juge point; je viens plaider ſa cauſe.

CHŒUR.

LE SEIGNEUR, *préſente Cécile aux Vieillards.*

Que lui reprocher en ce jour?
On peut aimer & reſter ſage;
Quel eſt ſon crime? c'eſt l'amour:
Il doit trouver grace au village.

(*Le Chœur reprend.*)

(*Aux Vieillards.*)

Oubliez que vous êtes vieux ;
Rappellez-vous votre jeuneſſe ;
Et que chacun ſente ſes yeux
Mouillés des pleurs délicieux
Au ſouvenir de ſa Maitreſſe.

LE CHŒUR.

Que lui reprocher en ce jour ?
On peut aimer & reſter ſage ;
Quel eſt ſon crime ? c'eſt l'amour :
Il doit trouver grace au Village.

HERPIN.

Oui, nous fumes tous amoureux,
Et quoiqué vieux,
Sentons de même,
Que quand on aime
On en vaut mieux.

LE CHŒUR.

Que lui reprocher en ce jour ?
On peut aimer & être ſage ;
Quel eſt ſon crime ? c'eſt l'amour :
Il doit trouver grace au Village.

(*au Bailli.*)

Vous, Bailli, (le pardon tient à la vérité,)
Je la connois, gardez-vous de la taire.

*Ici le Bailli veut déployer ſon Procés-verbal ; le Sei-
gneur s'avance vers lui, & hauſſe la voix en diſant
les vers ſuivans ; le Bailli épouvanté replie ſon papier,
& le remet dans ſa poche.*)

Rougiſſez de l'abus de votre autorité ;
Rougiſſez du chagrin d'un père,
Des pleurs d'une fille ſi chère,

Et de qui la fageffe égale la beauté ;
Démentez le forfait qui lui fut imputé,
Votre trame odieufe, & ce plan concerté,
Ou bien redoutez ma colère.

LE BAILLI, *confondu.*

Il eft vrai, Monfeigneur, mais ..... croyez-moi ....

LE SEIGNEUR.

Silence.

CÉCILE & COLIN.

De grace, Monfeigneur, oubliez fon offenfe.

HERPIN.

Oui, Monfeigneur, en de fi doux momens ;
Que tout le monde foit fortuné.

LE SEIGNEUR.

J'y confens,
Ici fe borne ma vengeance.

(*Faifant figne de refter au Bailli qui veut fortir*
pour cacher fa honte.

Non .... le bonheur de l'innocence,
Eft le fupplice des méchans ;

(*regardant le Bailli.*)

Vous en ferez témoin .... que la Fête commence.

HERPIN.

Ah ! faire des heureux, eft un plaifir bien doux !

LE SEIGNEUR.

Herpin , que ce bonheur foit commun entre nous ;

(*En montrant Cécile.*)

Pour prix de fa fageffe , on lui donne une Rofe,
    Il faut y réunir encor quelque chofe ,
Moi, j'y joins une dot.

    HERPIN , *uniffant Cécile & Colin.*

        Moi, j'y joins un époux.

(*Marche jouée par l'Orcheftre.*)

(*Quand le Seigneur a conduit la Rofiere., & l'a pla-
cée à côté de lui fur le trône , les Figurans qui for-
moient le berceau, fe retirent alternativement & par
paire , de droite & de gauche. Ils difpofent les arcs
de fleurs en demi cercle au fond du Théâtre, de forte que tout cet enfoncement ne préfente qu'une fuite
de portiques de fleurs, dont le trône & le dais occupent le centre.*)

        On danfe.

RONDE

Pendant laquelle on danse.

LE SEIGNEUR.

Le Refrain en chœur.

NINA.

De ce que dit là Monfeigneur,
Je fuis un exemple moi-même;
Autrefois j'avois de l'humeur,
Je n'en ai plus depuis que j'aime.
Il n'eft qu'un mal, il n'eft qu'un bien, } *bis.*
C'eft d'aimer ou de n'aimer rien.

LUCILE.

Monfeigneur dit la vérité,
Je le fens auffi par moi-même;
Je me parois par vanité,
Aujourd'hui c'eft pour ce que j'aime.
Il n'eft qu'un mal, il n'eft qu'un bien, } *bis.*
C'eft d'aimer ou de n'aimer rien.

HERPIN.

Quand on verroit fuir en un jour
Ce plaifir que l'on dit frivole,
Il nous faudroit chérir l'amour
Pour les maux dont il nous confole.
Il n'eft qu'un mal, il n'eft qu'un bien, } *bis.*
C'eft d'aimer ou de n'aimer rien.

CÉCILE.

Oui, mon cœur me le dit tout bas,
La vertu naît de la tendreffe.

COLIN.

Quelle vertu ne donne pas
L'efpoir de plaire à fa maîtreffe.

ENSEMBLE.

Il n'eft qu'un mal, il n'eft qu'un bien, } *bis.*
C'eft d'aimer ou de n'aimer rien.

E

(*) (*Pendant la Ritournelle suivante , les garçons du Village , vont disposer leurs branches de feuillages vers le fond du Théâtre , pour prétexter une cause naturelle au changement de décoration qui doit avoir lieu après le Coryphée du Seigneur. Vers la fin du Chœur, les filles qui ont suivi les garçons au fond du Théâtre avec leurs arcs de fleurs , reviennent avec eux & avec ces arcs, dont un garçon & une fille portent un bout alternativement. Ils forment un berceau qui occupe le milieu du Théâtre , au fond duquel paroît soudain un trône & un dais de feuillages , & sous lequel passe le Seigneur donnant la main à la Rosière pour la conduire à son couronnement. Cette cérémonie se fait au bruit de la marche jouée par la symphonie.*)

CHŒUR GÉNÉRAL.

Chantons, célébrons ce beau jour,
Où l'on voit l'Hymen & le tendre Amour
Réunis entr'eux,
D'accord tous les deux,
Pour rendre les Amans heureux.

CÉCILE (*à son pere.*)

Quel bonheur est le nôtre !
Il vous sera commun.

COLIN (*à Herpin.*)

Pour ajouter au vôtre
Nous serons deux pour un.

(*) *N. B.* Ce Paragraphe doit être placé page 60 , avant le Chœur, dont le Seigneur est Coryphée.

CÉCILE, (*regardant son Père & le Seigneur tour-à-tour.*)

Nous disputant sans cesse
Qui mieux vous aimera,

COLIN, (*de même.*)

Ce combat de tendresse
Jamais ne finira.

COLIN & CÉCILE, *se regardant.*

L'Amour plaide la cause
Que je gagne en ce jour ;
La Fête de la Rose
Est celle de l'Amour.

CHŒUR GÉNÉRAL.

L'Amour plaide leur cause
Et la gagne en ce jour ;
La Fête de la Rose
Est celle de l'Amour.

F I N.

A P P R O B A T I O N.

J'AI lu, par ordre de Monseigneur le Chancelier, la *Rosiere de Salenci*, *Pastorale*, & je crois qu'on peut en permettre l'impression. A Paris, ce 26 Avril 1774.

Signé, M A R I N.

De l'Imprimerie de CHARDON, rue Galande. 1774.

www.ingramcontent.com/pod-product-compliance
Ingram Content Group UK Ltd.
Pitfield, Milton Keynes, MK11 3LW, UK
UKHW022112070726
13613UKWH00003B/1021